Trait d'Exil

Dépôt légal : août 2014
ISBN : 978-2-371290-11-2

Anita J. Laulla

9 textes

Elisabeth Batard

9 peintures

Trait d'Exil

Éditions des Vanneaux

Un soleil éclatant de soleil, éclatant de jour sur les habits, la lumière dans les yeux, comme à travers la brume le pont, le village, le chemin en poussière, les pas, le bruit doux de rivière, cette pierre jetée tantôt contre le mur, tantôt contre le ciel, au fond du puits, le miroir, les voix, le surgissement, à marcher en plein champ, poussés sur les routes, chargés, couverts de poudre jaune, leurs poids de tissus, mains nouées, dénouées, et ruisselants de fatigue, éclatants de pluie, les yeux, les visages, et l'ombre, le carreau de marelle, les enfants, à les revoir jouer dans les ruelles, ils marchent à quitter la maison, à quitter le pays, la longue file et l'ombre, la route qui tourne, en s'effaçant au loin la route qui se dessine. *(1ère image)*

Les suit et les dépasse l'ombre, les arbres, les silhouettes penchées à lutter contre le vent, comme déracinés à se détacher du ciel, de la terre brûlée, l'âcre fumée, le foulard sur les yeux, à suivre le bord, les hommes, les femmes, les enfants, à jeter fleurs, cailloux blancs dans le ravin, et les sacs à enfouir les habits, à les froisser, telle robe déchirée, une pierre par-dessus, tel manteau, à serrer contre soi petits sachets de terre, de jardin, sous la chemise petits morceaux du champ, à passer sous silence, les éclats, et les fleurs, le piétinement des fleurs, à passer sous les branches, à chaque pas le sol qui se dérobe et la terre, le cœur leur manque, et l'ombre, le trait cimenté des mots, le ciel, le bleu des doigts sur les lèvres. *(2e image)*

Courant dans les massifs, le feu emporte le feu courant dans les herbes, emporte le pavé lavé à grande eau, et brûlant, courant dans les semailles, brûlant dans les fossés, les yeux rougis, le tablier, et la peur, le taureau à fouiller, remuer la terre, et brûlant le feu aggrave le feu, à courir dans les mûres, et l'eau, elle vient de là, de la flamme, les yeux cherchant les yeux, le fil de nylon à gagner la porte, à gagner le champ, le feu, le silence à reprendre, à regarder les nuages, les arbres, l'incendie à l'horizon, et disparaissant dans la vallée, comme un soleil, le soleil couchant. *(3e image)*

Rien que le bruit du torrent, rien que le gouffre, le noir de la cascade à frôler le bord, et le crépitement, cette pluie à toucher les doigts, rien que la voix, la douceur, l'écho à les suivre contre la paroi, rien que la peau, le tissu, éraflés à la pierre, rien que l'oubli, le sac rempli puis déversé, le poids des larmes, rien que le sang les visages, l'arrachement, et le dos appuyé à l'arbre, au précipice, rien que les ronces, les poignets griffés, l'histoire à mi-voix, de ceux qui gardaient les bêtes dans la montagne, rien que la trace, rien que la paille, le bleu caché de l'herbe et le lilas à ployer, à briser le carreau d'ardoise, rien qu'à la tombée de la nuit, l'effondrement. *(4e image)*

Regardant la neige, tout autour le paysage, le bleu du froid, et sans fermer les yeux, la fêlure à courir sur les visages, à les effleurer le temps, ombre tracée sur ombre tracée, la nuit, à les prendre à la gorge, à les percer les yeux, à veiller, à guetter le bruissement, les ronciers, et l'aubépine comme une traînée de bleu sale, les pierres, et la pluie filante d'étoiles, la nuit blanche, la nuit noire, le murmure, à les frôler, l'aile sombre du papillon, et le jour à traverser, à passer sur l'autre versant. *(5e image)*

Pour franchir le pas et fouler l'herbe du pré, pour toucher l'eau, le ruisseau pour l'atteindre avant le jour, faudrait les ailes et les yeux d'un aigle, pour le voir faudrait le champ à découvert et courant à l'horizon, pas une pluie, pas une rafale, pas un bruit de talons, les gravillons sur la pente, faudrait l'oiseau, faudrait le ciel, pour l'entendre l'océan, faudrait le cœur, faudrait la main, le temps, et suspendue, la course folle, faudrait les enfants sur la ligne médiane, faudrait les mouettes blanches sur le muret blanc, faudrait le carré de luzerne, pour partir, faudrait la montagne, faudrait le vent, et les yeux inquiets, faudrait l'ombre d'un champ, pour voir la prairie autrement qu'en rêve, faudrait le pré, faudrait la nuit, le vert manquant de la clôture. *(6e image)*

C'est juste avant l'aube la lumière, noire dans les forêts et sur les fronts l'étoile claire, l'ombre, elle bouge et se déplace, comme un ciel à se dégager, le paysage, le manteau sans protéger du froid, les bras, l'étreinte et de la couleur de l'encre l'éclair, le fléchissement, c'est juste avant les larmes les yeux embués, et l'eau qui les porte, l'air, le souffle, à franchir jardin en terrasse sur jardin en terrasse, la montée balayée du regard, de la lampe les lilas du sentier, les arbres, et les visages, tout autour, comme un cercle de craie, et la promesse à briller, la frontière proche, la lueur bleutée comme un dernier quartier de lune. *(7e image)*

À toucher l'arbre, à toucher la terre, les yeux ouverts, la pleine lumière, à venir sur la corniche, meurtris à passer le tunnel, à passer la peur, le pollen entre les doigts, le champ immense jusqu'aux maisons, le panorama, jusqu'au rivage les vignes, jusqu'à l'océan le ruisseau, à ouvrir les mains, la pluie, les larmes, et l'orage, c'est à se réfugier sous l'auvent, c'est à déplacer l'ombre, la balance des gris, à traverser le temps, les voix d'Angel et de ses frères, à couper la route, le lointain, et la pointe vive, à retracer leurs pas. *(8e image)*

La couleur blanche du ciel comme effaçant le ciel et les éblouissant la fumée, comme effaçant les pas la longueur de l'exil, la main sur les yeux et chassant les visages, chassant la fumée la durée du feu, la grêle sur les épaules, les habits trempés, déchirés les vêtements de travail, de jardin, l'herbe noire, et poussés vers la plage, poussés vers les planches et les barbelés, trébuchants avec les sacs pleins de sable, des trésors écrasés, des boîtes de nacre, des coquillages, des bois ciselés au couteau, taillés au roseau, des bois flottés, nombreux à arracher le liseron, à regarder derrière le grillage, les débris mauves, les pétales dispersés, et comme s'éloignant ou se rapprochant le soleil, le bord du pré. *(9e image)*

Du même auteur

Aux éditions de l'Atelier de l'Agneau

Les doigts de fée, 1996

Violettes, couteau, 1997

La folie la douceur, 2006

Le fil rouge (avec Anne Saffre), 2007

Ni les loups, ni les chiens, 2009

Aux Arêtes éditions

Cracheurs de feu, 2010

Toucher, 2014

Achevé d'imprimer en août 2014
par l'imprimerie Fanlac, imprimeur en Périgord,
pour le compte des éditions des Vanneaux,
dirigées par Cécile Odartchenko.

Façonné en l'atelier des reliures Devel à Neuvic-sur-l'Isle.

Cette édition originale se limite à 300 exemplaires sur Vélin d'Arches et Artic Ivory.
Les neuf premiers, numérotés, sont accompagnés d'une œuvre originale d'Elisabeth Batard.